梁彬 著

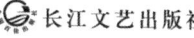

长江出版传媒 长江文艺出版社

梁彬，主要从事诗歌、评论创作，作品见于《诗刊》《星星》《诗潮》《扬子江诗刊》《中西诗歌》等刊，并收录于多个合集。现为中国诗歌学会会员、广东省作家协会会员、揭阳市作家协会副主席、揭东区作家协会主席。

陌异与诗性
——序梁彬诗集《岸》

雪克

如果没有记错，梁彬一直是写古风、古体诗词的，文学评论的文字水平也相当了得；他转而写现代汉诗及诗歌评论，应该是不超过五年的时间。但梁彬一出手，其诗名就见诸《诗刊》《诗潮》《星星》《扬子江》《天天诗历》等各大专业书刊及网络平台，足见他有厚积的传统诗词底蕴及进入现代汉诗的灵气和悟性。

之所以这样说，是因为在我们的印象中古体诗词与现代诗歌是形同水火、老死不相往来的；即便偶尔互跨两步也不得要领，不是语言结石，就是公共抒情，永远无法相互转化。梁彬完全不一样，他似乎来去自由，毫无违和感，诗歌作品一经发表，就引起粤东乃至更广地区诗歌界的欣赏与关注。

一直以来,我都认同一个观点:诗是诗人情感的产物,但绝不是诗人庸常的俯拾皆是的情感产物。梁彬可能忘记了他自己曾经说过的一句话,我替他找出来:每一句诗都值得你思维停留,每一次擦肩而过的都是熟悉的陌生人。这句话说得很有见地,很不一般,几乎是从正面显现。梁彬一开始就找到门道、跨过门槛、触摸到诗歌的内核及特质。

思维在每一句诗上停留:说明他不苟且、不草率,勇于追求属于自己的比较完美的难度写作;擦肩而过的都是熟悉的陌生人:字还是那些字,词还是那些词,但它们的建构却是陌异的、超常的、诗意的——直至是梁彬的。如果你觉得我这几句话费解,那我试着拆开来阐述一下:

悲 伤

有时候天空被隧道占领
有时候梦被方向盘打乱
有时候你会想象一个孩子的表情把你融化
那是到了接近真空的时候
你需要去参透树木安静的意义或者
通过放开进气口来吸收

松软泥土的芬芳
　　是的，通常在听见鸟叫的时候
　　我们格外悲伤

　　我喜欢这首《悲伤》，相信其指涉的是爱，是个人的私密情感。但你几乎读不到常见的、与悲伤有关的语言及物象。作为人，不可以、不应该愁眉苦脸、涕泪交加、捶胸顿足吗？可以，应该。但诗歌对此是拒绝、排斥的。梁彬的高明在于，将诗性的语言置放情感上的悲伤：天地之间，一个人的悲伤是渺小的、微不足道的；但当这种渺小、微不足道都无处安放的时候，一种强烈的无奈和疼痛，一下子就打到读者的心上。这就是陌异的诗，属于梁彬自己的诗。再看一首《寺庙外》：

　　树林里有个太阳
　　由树召集树
　　我刚一说起
　　就隐没了
　　一众大树向我压过来

回家的路上
池塘边有一个
静默的老人
他往下看
村庄慢慢滑向夜晚

要我说,一个诗人如果写不出别的诗人没有写过的和尚、木鱼、梵音和诵经声等等,你不如写出梁彬这样的解构式的哲理性的、语言干净节制而又画面感凸现的诗。

陌异与诗性,不是无源之水、无本之木。它要求诗人不盲从、不高蹈、不放弃;它更要求诗人具备纹理清晰的个人审美情趣。作为一位主持省级"名校长工作室"的年轻人,梁彬的本职工作是校长,他的审美情趣无疑是理性、纯粹、正统的。这在我们平时的接触中可以领略到。当他的这种审美趣味反映到诗歌上,就会出现许多精彩的句子:与一座山斗争/最后的胜利/是他将我高高举起/给我看北河、炊烟和鸟/看春天缩进记忆/夕阳把世界收拾完整/放进他阴暗的口袋(《与一座山斗争》);一只羊在跑/在喀纳斯草原的地平线上跑/在牧人的眉际跑/在夕阳的面前跑/在车厢的渴望中跑/在烧烤的炭火上跑/在鼻子里跑/在胃中——/停下/同时停下的/还有一个苍茫的塞北(《北疆·一只羊》)。好诗不必拘泥从一写到十,或者从小写到大,而在于收放自如、张弛有度、诗意微妙、恰到好处;梁彬在冷峻的审美中,释放出征服的勇气和人性的悲悯,这一点,正好是一个教书育人的"校长诗人"所必须做到的。而他,做到了。

诗坛繁花似锦,诗坛也复杂纷纭。我知道这种情况,梁彬当然也洞若观火。他从来不介入什么纷争,也不管这派那派,这对他这个年龄段的人来说,很是难得、可贵。英国作家、艺术家奥斯卡·王尔德说:做你自己!因为别人都已经有了角色!——安静读书、安静写作,我相信梁彬的诗歌作品会更出彩。

(雪克,广东省作家协会诗歌创作委员会原副主任、《粤东诗歌光年》编委会主任,知名诗人。)

目录

◀ 浮在半空的女人	001
父亲	003
我兄弟的茅舍	004
慢性杀手	006
办公室	007
下午	008
周日：在烛火中睡着的蛾	009
夜晚	010
死亡仪式	011
消耗式闲聊	012
门内	013
寺庙外	014
会场	015
归宿	016

火蜥蜴	017
活着	018
大河边的蚂蚁	020
一杯饱和的水	021
致濠岛"重逢"诗会	022
凤凰花	023
与一只鸟做一世邻居	024
与一座山斗争	026
北疆(组诗)	027
笼子	033
祭奠	035
路口	036
Cappuccino	038
按钮	040
支气管炎	041
下午	042
装修	043
扫墓	044
自由落体运动	045

病	046
药性	047
闭幕式	048
一根烟的燃动	049
丢失	050
地铁	051
雨中	052
凯旋1664	053
夜	054
取消	055
存在	056
表演	057
药	058
过程	059
悲伤	060
本命年	061
父亲节	065
风筝	066
周日下午两点的窗外	067

异度空间	068
睡意	069
腰椎间盘突出	070
灵魂出窍	071
危险行为	072
烦躁的玻璃杯	073
多巴胺的流失过程	074
中暑	077
浅水荡的垂钓者	078
午夜：在一部电影面前	080
天平上	084
皮皮虾	085
人间的纪律	086
结冰的湖	087
谜之暗喻	088
疯了的事物	090
流年的祭词	092
疼痛	093
在武术馆疗伤	094

此在即美	095
停留	096
北河之畔	097
倒流	098
冬去春来	099
摩卡的倾诉	100
晚安	101
再见了，己亥年	102
认真的科学	103
等待	104
回家	105
一场噩梦的延续	106
复活的北风	107
离人歌	108
你走后	111
秋祺	112
秋声赋	113
周年	114
万绿湖	115

复活	116
三缺，请不要放弃治疗	117
空白	118
妥协	119
情人节	120
孤独先生	121
听书	122
阳台的夜晚	123
母亲节	124
形而上的爱人	125
精卫填海	126
在水一方	127
羊的悲伤	128
被隐喻的日子	129
光阴路过的地方	130
妄念	131
和解	132
日参	133
大河	134

时间的故乡	135
茫茫	136
濠岛诗会致辛夷	138
减法	139
雪之恋曲	140
情人节随想	141
桃花之旅	142
玫瑰比兴	143
卅岭洗肺之旅	144
禁城	145
大隐	146
在中山路的古玩店	148
戒烟	149
一首春天的诗	152

浮在半空的女人

那不会是母亲、妻子
或者牧羊人的女儿
更不会是情人
那浮在半空中的静

那有时也落入人群的
女人
买菜的手
会不小心切到
忧郁，流泪，在被子里失眠
很平常
可她，就在半空中
在夜里，不痛不痒
花开花落

我曾在奔跑的公路上
在蓝天下见着
使速度在消失
衣领上的烟草味
在散去

不是温柔

是照明夜的光华

或浮在原野之上的静

世界和笑声越近

你就——

越洁白

父亲

黎明的河流没有声响
他还在睡梦中
允许调皮的路在玩弄被子的拉链

黎明的河流
他的任务是在八点开始
浇灌一片菜园子
直到傍晚
他需要休息
调皮的玩弄不会吵醒他

黎明的河流
他不需要方向
任凭大地安排
有人建桥,有人砍掉堤坝的树
他不需要言语

镂空的土使树根悬在水面
千万不要发一场洪水
让根和堤一起毁去

我兄弟的茅舍

它在森林的阴影下
散发着轻腐的味道
我们用隔年的露水
温一壶
冰凉的酒
石头凳子,早已被蚀出创洞

被隐没的小鸟们
叫声,在跳跃
在书柜里、案头上
霞红色的信笺旁

我的兄弟
是一匹奔驰的野马
枯叶下一片黑色的土
温暖着桃树的苗子在生长
等待集体开放
我们在春天的阴影下
温一壶清凉的露水
用风干的荷叶

代替烟草

脚步在靠近
我们的竹亭,森林阳光洒照
在青黑的篷顶上
有未晞的雨迹

来的时候,请为河边沉默的摆渡人
递上一个朴素的笑

慢性杀手

这是一场拉力赛
下午,山间台阶向上延伸
背后大河奔涌
当人们在山顶欢呼时
他无声地拉下暮色

我在早晨得知
那些寄生者
在皮肉之下啃动
吞噬透入的阳光
他们里应外合
露出黑暗的笑
用镜子
慢慢杀死我

办公室

一间办公室在收纳事物

一方屏幕在加强黑白

一格一格的蚕在啃食桑叶

一粒核桃在整理沟壑

一群蚂蚁在逃离积水

一台排风机在抽除音量

一支烟在偷窃时间

一声道别在迎接春天

一床被子在保温梦想

一个铃声如炸雷

人群弥漫开来

破洞的气球

冲向操场

萎缩成一只黑圆的甲虫

让好奇的孩子

以为它本来没有翅膀

下午

掉入深灰色
掉入无人
掉入一面透明的镜子
水滴,有一颗
掉落栏杆

周日：在烛火中睡着的蛾

窗必须向竹子

借一点绿

来支援氧气

教堂在那里

没有一点阴影

时光流向北极

是这个下午已经预谋好了的

北极熊清凉

企鹅洁白

留下枝在树上喘息

它不是要折断

它是一只蛾

在烛火中

睡着

夜晚

洗碗的手,浮动的烟圈
熟睡时微张的小嘴空白的梦
80后的网游,00后的未来
摇动的电风扇
撕下的日历门角的霉味
晚归的行囊,闪烁的路灯
觅食的前爪窜动的本能
隔壁的咒骂,教堂的唱诗
天空掠过的流星
暗涌的大河长夜无声

死亡仪式

流行歌曲,少女的口红
一条扬起尘土的路,裂开心的树
午后的空气,绽开的脸和嘴

他经过公园,闲人在散步
他经过猪肉店,猩红的垫板
一只苍蝇飞过,被一个巴掌粉碎

消耗式闲聊

持刀者和一块木头
三个茶杯相互推诿
香烟的雾凝滞了空气
需要一次爆炸杀死苍蝇
春天的树明亮,床头的书热烈
阳光在移动地板
阳光是一只自我的猫
身子拉得越来越长
兀自撒欢
当它扁平的肚子贴紧墙壁
黄昏露出陈旧的脸

门内

我的兄弟在房间里
喜欢沉默,害怕窗帘

我的兄弟喜欢看
别人谋划
羞耻的,邪恶的,自卑的
夜晚是他母亲

欢乐是他喜新厌旧的主子
只有当血液需要疏浚时
才会被拉起
他蹲下,像一只母鸡
有两只闭合的眼睛

他的家在深处
他只是偶尔来看看

寺庙外

树林里有个太阳
由树召集树
我刚一说起
就隐没了
一众大树向我压过来

回家的路上
池塘边有一个
静默的老人
他往下看
村庄慢慢滑向夜晚

会场

有人把煤铲进蒸汽炉
以保证火车汽笛的鸣叫
足够响亮
窗口的火
映得
油亮的脸通红

这种时候适合
同一杯水谈恋爱
我们要进行一次秘密的旅行
她清澈的眼眸里
掠过树、天空以及鸟
掠过一片芝麻地
黑芝麻的队伍排列整齐
它们有些已褪下外皮
露出锃亮的圆底
如同早晨我在厕所
经过那面
斑驳的镜子

归宿

它被假设成
一个装满环绕音乐的客厅
一次傲慢的鸣笛
可它们最终在博古架上的
景泰蓝里
灌满黑暗的空气,瓶壁单薄
星期天的阳光在进行漫反射
它的表面
高档而华丽
瓶口饥渴无比

在窗外
有人被乏力的三轮车踩着
渴望一个斜坡
滑下
而楼上偶尔会飘落一条裙子
像过期的樱花
瞬间撒落
晕得地上坚硬的石头
粉红粉红

火蜥蜴

如果不想言语
就让皮去周旋

去加入沙漠的猎杀
或掠过大海变幻莫测的蓝
去岛,倒映生命的繁荣
呵!在人们欢呼的时刻
要变换着招式赞美
或冰冷的冬天
识时务地去假装树木的部分死亡

当然,还有洞
可以关闭眼球
而拥有整个丢失在时间里的黑暗
并找回
自己的皮

活着

1

桥——
用"麻木"承载痛
用"安然"遗忘
满身斑驳的疤

2

蚂蚁没有翅膀
活着没有秘密
它们在大地排列脚印
用脊梁
堆高一个个
没有自己的家

3

躯体适合摆放在哪里?

阳光下太猛烈
床，太阴暗
花的燃烧太灼热
远处传来少年们的嬉笑声
他们是去年巢里的雏
已站上枝头

这里天气潮热
未必适合羽毛

4

树的渴望是开花
花的渴望是留下
这里，是昨天的明天
他们说：
"必须让枝去结果。"
而结果的结果
是掉下。

大河边的蚂蚁

蚂蚁驮上的重量大过自身
蚂蚁必须有足够的脚
以抵抗引力和面对道路的嘲笑
蚂蚁听着大河的声音哗啦啦地响

蚂蚁的重量,是为了满足王与后们
嘴的需要
它幻想填满空洞和各种肥腻的肠道
它让荷尔蒙灌入自己渴望的血管
使灰尘的躯壳内部
结满瘤黑的瘾
使鼻子灵敏地喜欢上食物腐烂的味道
——那种来自原野不可抗拒的爱

不要企图得到一轮落日的馈赠
一只蚂蚁,要忘掉安静的云落入水中
忘掉稻花六月的香,追逐蜻蜓时
累了躺下的青青草地
让它扛走足够大过自身的重量
痛并满足地走进一个不需要镜子的巢

一杯饱和的水

一杯水

被盐分和油拖累

由响亮变得黏稠

风依然拂过的表面泛不起涟漪

它是一个即将死去的海

浮满音乐和酒杯

到了夜晚

年轻人的聚会响起摇滚

女人的笑像猫一样自我

它缓慢地掉入寂静

习惯给予孩子们的

一些安稳

一些轻

已荡然无存

她们并不知道

一杯水失去了它的速度

在烈日下多么危险

致濠岛『重逢』诗会

朋友们都用上了大杯
答应了毛孔暴露的要求
答应诗和夜晚
可以为所欲为地
缩短漫长而乏味的黑暗

只有酒是最亲密的
可以使岁月丢失尺寸
使灵魂暂时逃离
他赖以蜗居的躯壳
而此刻的夜很安静
朋友圈年轮般的滑动
与婴儿的呼吸平行着
床,偶尔会翻向
这一边
躺着的一个
等待节日的父亲

凤凰花

凤凰花开在一个自我的季节里
她的枝头滚烫
凤凰花——
她站到了各个视角的中央
拥有了
雨后和聚光灯

下午人们川流不息
某一秒,她应该属于
一个女诗人路过的背景
她在夏天的掌中
热泪盈眶

没有风
在一段寂静的距离里
她望我的眼神泛起阵阵鼻酸
仿佛一个三月
望着六月
仿佛江南望着漠北
仿佛一场屠杀开始之前

与一只鸟做一世邻居

放下骨头
像放下一杯
冒着白烟的茶在几上
窗外有死者走过的声音

我想告诉它
整齐的唢呐与早晨无关
与鸟无关
细弱的枝头只适合放一杯水
太多的茶多酚也不该流入
一个装满沙砾的
胃

天空有来自上头的阳光
穿过稀疏稻草织成的巢
散发着
春天被晒干的味道
地心引力在缓慢释放

与一棵树相忘

与一只鸟

做一世邻居

它的出生没有通过仪式

靠翅膀

罗织世界

靠闭上斜视的眼

虚构夜晚

靠掉下

结束飞翔

与一座山斗争

台阶横着牙齿
露出冰冷的笑
我脚下的部件
有一个
在嘎嘎作响

与一座山斗争
最后的胜利
是他将我高高举起
给我看北河、炊烟和鸟
看春天缩进记忆
夕阳把世界收拾完整
放入他的阴暗的口袋里

于是,他安静了
我的影子模糊成
他身上的泥沙

北疆（组诗）

天　路

都怪天太大
才使路
累趴在原野上
眼睛太小
装不下一个空荡荡的穹庐
就闭上，想想
一间黑屋子里的忧伤

——孤独
是天地的朋友
不是敌人

北疆的傍晚

白天的贪婪
把黑夜
撑进晚上九点
是不是因为山川太静

沙丘太热情,天
太高
所以你的胃口变大了

远方来的人儿呀
城市遗漏下的沙粒
你们自由地丢失在长天下
像被时间遗忘的浮毛
那么白,那么
无足轻重

沙 漠

沙子用拥挤来完成空旷
人类用复杂来填补空虚

月 亮 湾

一定是被伤透的心
才一意孤行

夜太深
让情侣们自行打点去吧

我们看到
她的每一个毛孔都在微笑
玉在流淌
满满的整条河
满满的树
云后面
满满的蓝

云

不要以为只有水是故乡
还有一切巨大的静——
流动的石头——
渺小的山——
飘飞的蓬草——
和每一缕长发的背景

她们洁白地飘浮、追逐

让时间轻得像棉花糖

让天大得没有情绪

让城市悲哀得没有灵魂

让未来丢失未来

过去

无所谓过去

一只羊

一只羊在跑

在喀纳斯草原的地平线上跑

在牧人的眉际跑

在夕阳的面前跑

在车厢的渴望中跑

在烧烤的炭火上跑

在鼻子里跑

在胃中——

停下

同时停下的
还有一个苍茫的塞北

额尔齐斯河

要是活在烟花三月
那个皇帝的忧伤
是否会因此改变方向?

楼兰·七夕

小河被历史固定在沙漠
公主被时间固定住
美丽
海市蜃楼残留着腰鼓的尾声
和酒碗的香
所有的故事被收集在沙里
就像所有的宴席
没有留到散去以后
就像——

爱情已无法从天河降临
一个骤冷的傍晚
留丝巾
为大漠点下
一抹深深的红

笼子

一个笼子
要锁住一池暗涌的水
要囚牢整个屋子的黑暗
和窗前路过的
那些妩媚的笑

一个笼子
由千万块结满青苔的砖交叠而成
雨是拒绝表情的绳索
它们应该属于铁一类的物质
来自一个不长肉的身体
坚硬而完整

像满田野的禾
在笼子里
要努力接受风雨的馈赠
幼弱时青葱生长
丰盈时低头
整齐完成一片平坦的金黄

一个早就定制好的笼子
已谋划好一只鸟的想象
——天空是蓝色的
它属于拥有宽大翅膀的人们

祭奠

一个季节从路人的眼中经过
一棵树的笑中　经过了
无数的路人

天空被风带入阴黑
一棵树的笑由温暖变得狂狷
笑以下的部分
裸露着弯曲的酸痛

用完最后一片叶子
去祭奠一个灿烂的笑
如同用完所有的青春
去祭奠一个春天
一种树
它的名字叫
——黄花风铃木

路口

此刻下雨是必要的
就像空洞需要密集去填补
它注定像鸟叫般
随时出现在某个安静的午后
或被子里

斑马线上的人流在赶往
下一个路口
他们显得太匆忙
以致雨刷慌乱无措
与玻璃摩擦发出的嘎嘎声
让空气颤抖
让光线开始软弱
让鼻子
受到一股突如其来味道的
挟持

高处的显示器
逐渐减少的红数字
与期待的方向相反

车门打开的一霎
像打开一片北极
风涌来
所有的假设在路面前失去了抵抗

分叉,然后是无穷的大河

在远方怀念一个路口
就像囚犯在留恋他的枷锁
冰凉
而恒久

Cappuccino

一杯Cappuccino
是一道半掩的门
门里春光掩映
门外安静如
楚河汉界

每一句话都落在盘子里
旋转着不肯离去
需要一根皮筋把下午拉长
需要重量
让修士脱下深褐色的外衣
浮出热烈的白
需要——
一个人把直线折断

那么,请把门打开
风像闸里大群的鳗鱼涌向大海
黑暗中交织雷光闪电
需要一个爆炸
去撑大天空

一杯Cappuccino

它的心形已涣散

喝一口

冰冷如水

按钮

用一种快感去麻醉一种痛
它的结果是
一个伤口代替另一个伤口
结上新的疤

它隐匿在皮里
不说话
像一颗黑色的按钮
一不小心　就按向
绝望的深渊

我希望天是蓝色的
春天的风
轻得让枝丫飘浮
笑容结满每一棵赶路的树
可它们的皮里　却
同样结满
钮一样的疤

支气管炎

桌上盛开的花
已点燃一个下午
而肺正往里深挖了几尺
有什么正在寻找水源
一个沙漠埋在地壳以下
蚂蚁们正建造它的王国

没有树,死寂——

要寻找一片绿洲安放爱情
或者一群孩子的笑
要找回一台被傀儡的机器
把四肢高高挂上
关机!重启!
可铁丝虫正在寻找水源
它戏耍喉咙之时总是无比滑稽
于是,有人开始钻木取火
有人被时间遗弃
有人称出了
肉体的重量

下午

一杯奶茶在几上
在深褐色里
慢条斯理地整理着旧时光

午后的阳光溜进咖啡馆
一个墨镜折叠起
一个忙碌的世界
暂时存放在
音乐的旁边

偶尔有匙子落在杯盘上
最好不要听见时钟的滴答响
最好姑娘的笑
不从脸上摘下来
最好
能在玻璃杯的返照里
看到一张容颜
老去

装修

养一群鸟
来安慰早晨
藏一把钥匙
把前方打通
装修一套房子来安放年龄
"必须选一个与众不同的色调来保存自我"
这个世界提供了
红、橙、黄、绿、蓝、靛、紫
它们隐匿在木头和砖石的皮肤里
将我包裹
来装扮我的下半生

扫墓

这场旅行我们分别体验了
高空玻璃栈道以及悬崖上的蹦极
触摸到天堂的空气
和潭里冰冷的水
一场游戏下来,我们回到大路上
脸上并没有留下泪痕
因为我们的头上没有长满芦蒿
身体没有成为一群田鼠的家
对于墓碑上的青苔
只能说明这里的空气和水分质量
比人间要好

我们的橡皮筋没有断掉
玻璃还很坚实
我们热爱大自然,就像大自然
也会热爱我们一样

自由落体运动

毫无疑问,它在进行一场自由落体运动
此刻已进入加速度
下午的时间瘦得像马
我在风的缝隙里听到琴声一丝
听到花瓣的绽开,又复被
风掩盖

那么,请看看这场运动
它的尾声
疲软在沙发上,露出小心翼翼的笑
弹力正在失去抵抗,一层层往下叠
一场自由落体运动已丢失在速度里
它的结局是爆炸,而黄昏
由无数个爆炸组成

病

罢了!把肢体拆碎
零件分由他处理,比如
风筝线,比如聊天的时候
嘴里含上一颗石头
比如
让一群蚂蚁用整天的时间
搬走地板上的阳光

药性

巫师黑发长袍
口念咒语
影子长得像针
有一头伸向暗处
（好在不是夜晚）
他向下午撒了一包蒙汗药
让争夺地盘的人各自沉睡

我要说的是
下午很好
——窗页在另一个海洋
咿呀咿呀

闭幕式

我去参加一个闭幕式,有关
一台机器的有效期被一个零件缩短
风大,人们闭上眼睛,提防沙子进入
人们捂上耳朵,看着门外的树,似乎
嫩叶和腐土之间所具备的自然和谐性
可以使慢音乐的杀伤力降低
(呵!要像司仪,操一种滑稽的语调)
台词的错漏已无所谓
应该明白,这已不会激发嘲笑
不会产生某次闲聊间的剧烈争辩
或者一种意外
可以抵挡闭幕式过后巨大静默的蔓延

一根烟的燃动

我往往用一天的时间来思考
一根烟的燃动以及成灰
把世界放在地图里
把时间放在宇宙里
蚂蚁和人类所经历的完整并没有区别
它们的出生吞进了一根铁丝虫
被水吸引,摇摇晃晃,在高处笑
在灯火阑珊处呕吐,在安静时
为一些呻吟的零部件悲伤
水的方向无法更改
像一根烟的燃动和一次世界大战
它们的终点是熄灭

丢失

最好时间在镜子里睡着,让它
从此丢失了
比如十二点这样的数字
让一副躯体丢失所有称谓
花丢失蜜蜂,夜晚丢失睡眠,而明天
丢失你和我

地铁

在进入一颗心脏时
我触摸到它的冰凉,那些被称作细胞的
被密集地运送至
各个任务的所需地,流水线上
安静的瓶子无法被特征有效区别,我是说
当各种心情被包装起来
所有的时间咬紧齿轮,拧紧绳子
用以驱动一座城市的运作
以至于挤不出丁点缓慢
为离别弥漫起哪怕
一层薄弱的悲伤

雨中

一座拱桥走在湖中
一排垂柳浮在镜子上
一个江南滴落在屋檐下
一串故事在画中苏醒
一场青春在凝望中死去

凯旋1664

遇见你时
我的领口蹿进一条芳香的蛇
在格子衬衫下面攒动不息
而另一条开始在杯子里摇晃
要寻找一支摇滚
捕捉夜的神经

夜

有时候你会想把一条江

吸进肚子里以满足

肺的渴望,要把夜拉得跟音乐一样长

所以你会担心任何直线被折断或

液体回到底部

你会关闭所有的窗户任凭

石头下沉,会喜欢一切由黑暗蔓延而成的轻

那时候木头失去了年轮

麻痹具有侵略性

取消

在一座时间砌成的城里
青砖在墙上穿行流动
历史与瞬间
在这里相互取消
同时取消的
还有一个游客的下半生

存在

需要不停地啃咬铁以确定
我们存在的方式是否真实,需要确定
珠穆朗玛峰上的雪是撒哈拉沙漠存在的渴望
他们在时间里错失又在
时间里相遇,他们散落天涯
不能确定前方是直线还是方块,他们
在迷宫里丢失目的地又获得瞬间,他们
不停地啃咬铁以确认此刻的有效性
铁块越来越重而看起来
越来越轻

表演

有时候我们用麻药使气球下沉
用冰糖换取身上挂满的石头
可无济于事
那些疲惫的事物
黑树,忧郁的窗
已无力兼顾趣味表演这个季节
当它们累了的时候
我希望自己有一套
孩子们的剑术

药

在失重的速度里
我们害怕沙哑的声线浮出音乐
我们用风麻醉石头
我们压制火苗蹿出皮肤表面
我们请了一个警察
挡在前面
那个不听劝告的孩子
他的顽皮使一场杀戮
变成玩笑

过程

一些枯萎的事物下面
必定埋藏了歌声和火
风扇摇了一个下午
叶子落了一个季节
而花已死了一年
那些经久不息的安静多好
我真的不应该好奇
目睹这个过程

悲伤

有时候天空被隧道占领
有时候梦被方向盘打乱
有时候你会想象一个孩子的表情把你融化
那是到了接近真空的时候
你需要去参透树木安静的意义或者
通过放开进气口来吸收
松软泥土的芬芳
是的,通常在听见鸟叫的时候
我们格外悲伤

本命年

1

在长途火车里
等待疾病通过你的躯体
黑暗中,你看到一个孩子在爬树
在掉落时玩弄地心引力
在游乐园,他被碰碰车吸引
喜欢漫无目的的撞击
等待他离开的过程是漫长的
你开始习惯和月季花谈论冬天
与石头回忆流水
各种细碎的事物被安上放大镜
逐渐清晰
你开始与立钟对视
它悬着一块磁铁,圆形的
摆动的轨迹很小

2

躯体不再和自己安于一个影子

它忧郁，爱耍脾气
在线绷紧之后，你开始变得异常安静
"一个父亲即使失去耐性也应该爱自己的孩子"
你开始用"你""我"
和女儿互相称谓，认识她小气鬼伙伴
你们在田间讨论植物的时候爱上落日
你开始学习医术来治疗自己的歇斯底里
你把朋友都遗忘了包括那些柔软的动物
留一顶帐篷，里面铺满妇人心爱的毛毡
所有呼啸而过的风消失了
大概成了某些固体
日子也呈条形，从星期一开始排列
一条条竖立在每天下班回家的田野上

3

很多东西穿过你的身体
比如烟草、X射线，还有时间
它们通过埋伏让你安于规则

4

年轻时在酒里获得安静,现在
通过午睡获得自己
各种感觉在醒后得到加强
那些规律性的横竖浮满文字表面
像酒后女人的皱纹,让人瞬间清醒
然后你扫地、浇花
在日历中标记传统节日
接受问题时谦逊和蔼,乐于安慰年长妇女
这些都让你看起来更像一个神父

5

安静时
我试图把发烫的轮胎熨平,想想
橡树皮下流出的汁液
新鲜的乳白色闻起来又软又甜

割胶的女人有五十多岁了吧

她笑起来像一坛春天的酒
一想起她的各种繁忙我就感觉很美
很多时候我都在试图使用她们的语言和步伐
竞赛的结果是虚谬的
大多数情况是
我需要被包扎起来
暗藏在房间的某个抽屉里

父亲节

我们都在逃避这个日子
我逃避女儿们,你在逃避我

究竟是什么力量让我们成为父亲
一个人看着太阳每天从东边滑向西边
忙碌睡眠交替,潮起潮落,本来很好

可我们太迷恋完美,也无法拒绝
一树盛放在春天的风铃木
你每天经过她,你爱上了她
她属于一个每天经过的你
然后她凋谢了,而你依然每天经过
第二年再开的时候,她已经不是
原来的她,而你不是你

你今天选择了孤独
就像荷叶用颓败来祭奠早谢的花朵
你把自己囚禁起来以拒绝四季的轮回
让我也开始觉得
这样的日子,适合冬眠

风筝

许多事物不喜欢与世界纠缠
窗外的龙眼树、桌上的笔
墙角灰头土脸的哑铃
他们在人潮散尽
的傍晚开始卸妆,舞蹈
并展开各种恋爱情节
嘲笑人类的脆弱

一种需要填补的心境叫空虚
一个需要回应的笑容叫自卑
草地上的风很清爽落霞很美
我突然
对那只昂扬的风筝
产生强烈怜悯

周日下午两点的窗外

一棵树的嫩叶里
生命在静物中流动
小鸟的叫声存在着各种恋爱的假设
更远的天边,乌云似乎
包裹着某种预谋,抑或
一颗人类的脑袋已被绑架

异度空间

把四肢晾在沙发上
想象一个鱿鱼干的制作过程并
逐渐怀疑,我与各种声响的操作者
就麻醉程度来说
原本不属于同个物种

睡意

睡在天平的两端
夜晚浮起,白天沉没
我不想说话
特别是对玩弄权术的调皮者
他用一个皮套把世界罩住
煽动所有的好事者嘲笑
一根可怜的橡皮筋
笑声尖得像伸向空中
不见风筝模样
  的绳子

腰椎间盘突出

当时钟走到某一点
你开始迷恋上某些静物
孤独的石头和老树发新芽这一类
孩子们当成白面粉一样,捏在手里又
随意丢弃的事物忽然间
占据你所有想象
并让你为之感到羞愧。眼睛天生
喜欢色彩,白马习惯奋蹄
鲜花热衷怒放。这些危险行为
使我每天夜里心惊肉跳
我应该培养对时间的耐心
努力抵御那些思想中的飞行者
并对物质守恒定律
保持高度的尊敬

灵魂出窍

让所有美好毁于一旦的方法便是
用酒引诱自己的灵魂出窍
鸟被狂妄挟持不愿待在巢里
而上帝擅于打制明晃晃的猎枪并瞄准
夜间不守交通规则的灵魂
于是,荷叶上的露珠被打碎
雨下在午夜,梨花倾颓

如果时钟可以倒走
我愿意待在壳里,安静地守着一朵睡莲
不说话,不说话

危险行为

如何与一株绿萝产生有效的对视
它蹿出的藤证明渴望的存在
就像我有时也会,在渴望上面证明
更多的渴望存在——那是生物学范畴
的问题——我们被锁定在两条平行线之间
并被分类称之为"动""静"。当你
在午夜的酒里加快时间燃烧的速度
接着便会落入虚空般的死寂,因此
作为一个乌龟的崇拜者
我为一株植物的越轨行为感到危险

烦躁的玻璃杯

一个被倒干的玻璃杯
已忍受不了霓虹灯的闪烁以及夜
弹奏出的幻想曲
在此之前,他不断被冰水填满
装下了整个春天
经历了群鸟掠过层林
爽风环抱镜湖,然而此刻
他开始烦躁起来
任何动静都有可能使他的内部暴动或者
碎裂在夜晚的虚空中

多巴胺的流失过程

1

把太多的自我囚闭起来
让身体接触人声鼎沸
让眼睛注视屏幕，回归
11∶30放学13∶00打开校门的日常
关注每一个孩子的打扮
并从他们稚气的表情中发现异常，以便
给值班人员一点
体现制度严谨的触动
女同志的诉求向来比较多
用微笑去接纳她，用玩笑去
化解它。一个文科出身的领导
应该发挥幽默诙谐，让同事
感受到和蔼以外的才华。除此之外比如写字
也是一种消暑的好方法，写得慢一点
不给满脑子的多巴胺
有喷涌而出的机会

2

连日的空调让我
悟出候鸟迁徙的悲伤也让我发现
自己身上的漏洞不止一个两个
整个房间弥漫着
生化泄露的味道和一个嗜毒者
微弱的喘息,此刻他的脑袋里
爬满了公螳螂和黑寡妇的前夫
他们将鸩酒一口喝下
缓缓地走向上帝的迷宫

3

鼻子的不安分成功
将我从午睡中拉出来
我呆坐,识趣地
按照感冒的方式咳嗽,喝水
并心平气和地想象一列火车
的维修过程

经过一个早上的无效抵抗
鱼儿们已逃脱殆尽
此刻正在隧道中，重新回想昨晚
那场飞机失事的电影
茫茫雪山中人类被美洲狮嘲笑的场景
我忽然觉得
办公椅硕大呆板的样子的确
有点可笑

中暑

1

歌曲对播放器的厌倦
已经达到了极点
他想用高音撑破它,想用疲沓激怒它
他在它的卡壳中
寻找阵阵快意

2

以蝉为首的中间派
已成为沉闷的帮凶
堡垒内部充满扭曲的空气
战士们筋疲力尽
渴望来一场
干脆一点的爆炸,当然
在此之前
我会主动把机关枪交给喷嚏
像被解救之前的姜戈
任由皮鞭和黑夜驱使

浅水荡的垂钓者

1

想必一个垂钓者也愿意
从浅水荡的微波上听着
远处传来的人类的声音
这里,鱼儿和鱼钩自有一套
相安无事的交流方式

用"无果"对抗喧嚣优于
在安静里暂得喘息
一片水的温柔也许只是为了让
一个路人领会打开的方式
然而,所有为身体打制的枷锁都是无形的
就像往返绕行的白鹭
它被水里的鱼儿锁住飞翔

2

我愿意自己是一个
能和一根鱼竿相处的远古人类

他不需要烟草和谎言
他让自己丢失在时光里，忘却身后
冰冷的铁栏杆
就像他们企图用木篱将一个浅水荡
切割成若干块
以满足人类的私欲但仍然无法
熄灭她的柔情

3

用一下午的时间企图
接近一片湖水
结果却丢失了半个人生
有两种方式可以拯救：
把自己削成平整的篱笆或者
任由人类用塑料打造一个五彩缤纷
的足球场再或者
放弃选择，像一个路人
在离开的时候向一片隐居的湖
轻轻道一声感谢

午夜：在一部电影面前

1

不想睡，想在黑暗中点燃自己
先摘下身上挂满的石头
有千疮百孔的青岚、美丽的玛瑙
然后，我就可以赤裸地面对
一部午夜的电影——
他们在人生的剧情中沦陷
由"本应该"沦为"不应该"
我羡慕一次极限的冒险
在那些鲜活的生命看来
死亡并不是人类
的畏惧所能够理解的轻松

2

就像鱼儿想逃离水
所谓的爱就是
水为鱼们所需要的一切
安排好一切，让他们按时间顺序

产卵、繁殖。然而
我分明在鱼的眼中看到木头的悲伤
此刻,有一尾鱼不需要睡眠
他要在困意中苟活或者
无能为力地死去

3

你藏在玛利亚·波兹哈娃里
请用龙的火焰彻底燃烧我
春花秋月总会逝去
可你的眼里
装满了整个大高加索山的传说
我愿意回去
就像历史愿意回到历史
那么安定那么高贵那么热烈

4

太沉重

以至于我不敢靠近以至于
我怕折断候鸟的翅膀
到现在我还不清楚真相
是我爱上一片云
还是一片云愿意为我停下脚步抑或
我是爱上一片云的安静又抑或
爱上一片云的浮动

5

可能，我应该死在
一个角落里
不要让你听见悲伤的呻吟
我们宁愿不认识，就像
一个流浪者并没有值得黑夜惦记
就像时间冷漠得
不会关心某个地点昏黄的灯光下
一只鸟卑微的涅槃

6

我理解了所有流行的悲伤
但那种悲伤无法被流行理解
比如此刻的孤独
我从没有如此热爱过夜,热爱不眠
它就像一个永远,在云端,在记忆深处
我要在它当中死去
你此刻也应该安静地睡去,和我一起
在彼此的此刻中死去

天平上

一束花里藏着无数个达·芬奇
一个达·芬奇里藏着无数个砝码
她在阳光下明亮而锋利而在
深夜的酒里散发诱人的芬芳
春天的到来使辩证法
显得格外适用,它的两端在天平上
相互推诿,天使与魔鬼
的距离只在一根琴弦之间
我们有时候走在玻璃桥上
会逐渐打碎自己的脚步,直至
它们零星得让自己都为之羞愧
于是只好放弃对安静地开放在
角落里的一束鲜花
的所有幻想并把一首诗扔进冰窟里

皮皮虾

水族在缸里的自由
是由玻璃的完整保证着的
我对皮皮虾的弹力表示担忧
这种容易爆发欲望的物种应该
向一部特工电影学习小心
不要藐视导火线一闪一闪的
虽然细弱却威力惊人的冷笑
它需要把自己漂浮在水中
将发力点通通消除
让筋骨恢复柔韧,用极限
覆盖岌岌可危的想象——所有
欲倾的大厦,黑云下剧烈摇晃
的大树,让一片海洋去包裹。我喜欢
巨大和无限,它让畏惧缩小到微观世界里
让你自负并坚强得连一丝微风
都无法打动你

人间的纪律

把窗户关闭,回到
一个合理的世界,你应该为
掉入人群感到庆幸
没有人能同时踏入两条河流
在科学的世界里从来都是非此即彼
也包括试图逃离的唯心主义——这是
一颗子弹无意识打碎玻璃时
我在碴子中捡到的尖刀——我们
必须找到那个开关,让荷花
自如开合,就连春天来了
也不要对一只蝴蝶
露出笑脸

结冰的湖

在越来越清醒中沉入木头
需要不断针扎,使蝉声中
的睡意暂时褪去,我不敢
对一个静物保持良久的注视是因为
安静具有可怕的毒性
它稀释血液的能力大过于酒精
和摇滚。白天,人们自我囚禁于喧嚣
只是为了夜晚找一片湖
把所有的不知所措泡在里面,然而久了
湖就结冰了

谜之暗喻

1

山川有时很高深
河流有时很妩媚
在一个对的人的眼里
你就是一个变幻莫测的世界

2

一棵树对另一棵树产生了
排除万难的力量,除此之外
白云依旧按照蓝天的安排
次第飘过

3

体内的猛兽即将破笼而出
黑白树,热咖啡及午后
——笼子无处不在,而出口
不知所踪

4

只想安静地坐着
反复翻阅各个细节
像一张老照片对时间的恐惧
经久不息

疯了的事物

1

用纪律保证一辆火车
安于轨道,让他高速行驶
让他完美无缺,他不应该
发热或者停止某个部件的运行
——这是首要先条件
接着他必须谋划
让乘客们安心的方案
最好谈笑风生并
保持空气像弥漫着整个春天的花香
这样他便称得上是一列火车
如果某一刻需要开进维修站
那一定是
世界在昨夜的酒里疯了

2

厌倦了把一块石头焐热的方式
那就对她讲道理

人类社会重要的遗产之一
便是汗牛充栋的格言
它们像巴黎地下墓穴的骨头
具备治疗任性的功用
用他们对抗一块石头
让世界以为你疯了

  3

对与错把世界分成两半
有时候一半世界为了让天空
看起来很安定，他们会
坐在一张桌子上，努力称赞另一半
的美好，彼时，你的内部岩浆涌动
都不得影响地表的和煦

安静永远是夜最好的外衣
如果彗星撞上地球，那一定是
宇宙疯了

流年的祭词

昨晚的睡眠让今天
早上的办公室很忧伤
绿萝垂下它挣扎已久的叶子
每天茶杯们用同样的对抗方式老去
究竟是什么魔力把美丽的莎朗·斯通留在
一部九十年代的电影中
除去追忆
我们活着的形式很轻松

疼痛

魔鬼在午后出现
吞噬笑声和绿色的汁液
阳光像积攒了
一天的甘油三酯
沉重的喘息淹没耳洞
我愿意交出活力
满足你征服一个飞行者的欲望
并从内部锁住笼子,把钥匙
交给明天

在武术馆疗伤

南拳王长发及颈,一身骚气
笑着把铁钉敲进我肋骨夹缝
以镇压地心的暴动
我们要保持睡意和微笑
将神经末梢攥于掌心,像第一次
搭乘公交车的孩子,不轻易
与人交谈。有时候躺在烈日下
是为了更好地测量时间的长度
它不允许一颗头颅长久被绑架
需要被敬畏的时候,它面容狰狞
失去了咖啡的醇香与浓度

此在即美

一些需要被涤荡的情绪
把一个尚未痊愈的肺
交给了歌声,我们喝下了
黑夜调制的鸡尾酒
释放出巴士底狱在此之前
形似槁木的囚徒们
把一个通透的自己踩在脚下
不用担心火,有时候
它只是使你活着,而
贫穷的人们
以为是撒旦在人间

停留

多肉、藤蔓以及蕨类
它们都愿意停留,在巷子里
没有人会认为老去是一件
值得忧伤的事。我们用目光丈量
逐渐放大的日影,这一天也像往常
一样积攒着各种细碎的情节。
在时间里疾走的人,永远丢不掉
河边的月,而此刻我们沉醉于
彼此的孤独里,就这样很美
多年以后　翻开夹在书中的院落
琴声——便流了出来

北河之畔

芦苇褪尽雕饰,在白昼的余温中
风姿绰约。大河之畔,晚行人的脚步
与夕阳保持着同等的匀速,流向
大海的心脏,一种神秘的瑰丽弥漫
你目光如水,寻找天空深处的蓝
回到出生地的大马哈鱼们,多了一种
流霞对小山的怜爱。对棕熊的利爪
保持敬畏,将某个部分像戒掉饵一样
任激流冲刷,这样的长河落日看起来
就拥有了月光一样亘古不息的美

倒流

毛孔们渐次打开,饮下夜晚久违的清凉
人潮在散去,我们在时间的隧道口登陆

"尽量表现得不经意些,说服双手安定下来"
像飘飞的落叶停靠在河流的边缘

你说我有两个自己,一个在人群中鲜衣怒马
一个隐匿于忧伤之中透过注视你的眼

穿过你秀发流连在现实与虚无间
像两个形同陌路的孩子,游移不定

而此刻一个正拥在你怀中。我从没有如此
迷醉于热浪,你在我麻木的掌心划开春天

童年依旧将那个我绑架在孤独里,我爱安静
胜过于百鸟鲜花,爱雨胜过于晴天白日

可这样一个夜晚,月光像一片决堤的堰塞湖
在你带我离开故乡的路上——狂奔

冬去春来

时光经过早晨和正午,慢条斯理地
洒向午后,再慢些!让蚂蚁们足够完成
有意义的一天,我们还有很多细节
没有交代,比如陪芦苇看白鹭
划过水面去河中央的小洲停留,比如
把一个爱情故事倒映在一口古老的深井里
比如让指尖触动隐藏在身体里的开关
我们的血液里有许多花儿未曾绽放,等待
明天,我就要带你离开这里
去白云的故乡旅行,把六月雪
种在富士山脚下温润的泥土里
安静地迎接冬去春来

摩卡的倾诉

摩卡的苦没有说出口,它的脸朝向窗外
行人如潮水,北风如雪

流水不等迟疑不定的渡河者,在时间里
只有小山和夕阳是永恒的,它们不需要倾诉

明天,小树木就要连根拔起远去另一个山丘
你的笑和以前比起来多了些称不出的重量

只有时钟最为清醒,无论沧海抑或桑田
每一秒都精准地敲打在上帝安排好的刻度上

晚安

夜幕降临,嬉笑怒骂渐次退去
白天把一个燃油耗尽的躯体
交还给了沙发。人类从没有如此
热爱过安静,它在一杯水的呼吸里
发现了水晶,大自然用透明还原所有
自以为是的繁复,兰花其实不是兰花
在我注视的目光里,她温柔得
像一个初恋情人,来吧!墨兰
或者其他,我们一起向这一间
善待朋友的办公室道一声感谢
道一声晚安

再见了,己亥年

阳光软弱下来,蜘蛛以及绿萝们
完成一天忙碌的工作
开始整理蓬松的羽毛
没有目的的安静挂在枝头
等待四季的轮回。一个热爱节日的物种
一生需要经历多少热烈才能
完整回到内心的故乡。没有人愿意回头
在电池耗尽之前,时钟穿过
黑夜抵达明天的朝阳,再精美的日历
它的归属是尘土。再见己亥年
六十年后,我的子孙会经过你

认真的科学

香槟玫瑰与蓝色满天星
蠢蠢欲动。于是我们尽量回避
它们繁殖出来的暴力
在一种认真的科学里
所有器官试图逃过一难
音乐和医学,最起码
此处已接近
身体内部最彻底的孤独
你说要弹一首安静的曲子
却又在颤抖中流下一滴灼人的泪水
它滚烫的程度足以将
整个下午燃为灰烬

等待

午后,红狐在树梢里安睡
阳光夹杂着鸟鸣组成清澈的窗前

你的模样已模糊成我右手脱了甲的无名指
疼痛汇入所有感官的喜怒哀乐

大概在春天里植物们都会绿得几乎要夺盆而出
以阻止孤独的到来。这不是一个适合安分

的季节,企鹅们在南极的冰川上拥抱新生命
我在等待你用你创造的我的名字呼唤我

回家

凌晨一点的微风中
夜是如此安静和美好
在大自然的程序中格式化的人
于你的眼泪中照见
破碎却无比完整的自己
此刻不需要故事

就像明天不需要想象
睡在你怀里,卸下
尘世为我们添置的武装
我已完全属于
一个义无反顾的明天

一场噩梦的延续

在经历了一次不孕之后,龙眼树
越发乐于炫耀满枝的华实,人声
茫然的鼎沸将一个下午困在孤独里
空气中弥漫着夏天物种们繁殖的味道
一场统治了整个黑夜的梦夺去了
我手中的玫瑰其哀伤正流向另一黑夜
请让我的四肢安静下来或者在书里
多躺一会儿。或者就当
梦醒是一种死去用一个巨大的句号
去祭奠它,让我回到久违的虚空里

复活的北风

总在火热间

遭遇冰山撞击

我想起架上的毛衣,母亲

已归还去年

巨大的季节

被解开

像海鸥集体冲入水面

肌肤一片深蓝色

回声

一个下午

未曾出现

天空

忘记了飞鸟

石头忘记抛物线

水在城中

流淌,忘记了

人们匆匆走过

离人歌

1

所有参与过故事的地点都加入了回忆
像一个蒙娜丽莎的微笑安坐在
路人的背景里。一生遇见的美好风景
有人将之搜集作为乐趣,有人却在当中
挣扎,并在守望中死去。文森特·梵高
在烈日下企图获取温暖的人最终获悉
向日葵也有枯萎的时刻

2

这是我第一次走进黑暗的庭院
月光流露着安抚万众生灵的自信
朋友们聊理想、梦与白马
可怜的温柔最终
在我们的无视中消失殆尽
阴影吞噬日光,既然人们臣服于
这种不可违逆的权力,那么就由我
补上一刀,像黑夜杀死白天那样

用你认为的至高无上的理智杀死疼痛

3

"如果你留到黄昏,我就带你去看落日"
去看记忆里秋水在你目光中泛起
春意。时光在某一个瞬间拾起
所有遗失的情节,像海市蜃楼,又在
莫名的早晨散尽。
——"不可能留在黄昏"
斜入江中的日影像石头一样坚硬
我们的渴望在物理学家的算式中被分解
白鹭掠过水面时的星星点点,我相信
那是我们的故事散落的样子

4

一场暴风雨最终使我沦陷于
沮丧的边缘,草木无情故而它们保持着
与生俱来的完美。我应该像热爱

一杯白开水那样热爱安静甚至"被遗忘"
流行歌曲被传诵久了就通俗得像一阵
带着草木灰气味的风,而在孤独里
它们便是一剂加速死亡的毒药

5

在酒里获得的快乐透支了
原本摇摇欲坠的矜持
夜深人静之时,哪怕一朵小花
都是罪恶的。美好的事物那终将颓败
的未来释放着凶猛的疼痛
让我们不得不相信　错过的
已经不只是回忆,而是整个人生

你走后

你走后的房间显得特别宽敞
风特别大,吹进来的鸟叫声特别清晰
椅子还保持着你坐时的姿势,像是一场
不愿意结束的等待,像是一次相遇
赋予了它生命,像是它回不到一张
椅子的普通生活中去,像是
嵌在半空中的星星,停留在时间里
在我的童年里,在你的遥望里
在所有人的忧伤失意里高高挂起

秋祺

如同这秋天,我的词语
逐渐枯萎,如同血管里的篝火
如同傍晚的百合花,要保持
对它的喜爱,如同它要保持鲜艳
如同希望,如同梦想
如同每一个变换角色的故事,要获得
逆流而上的加速度如同
落日,如同皱纹,如同青春
如同天边的白云以及
淡淡消逝的光阴

秋声赋

好吧!让我坐进这深秋里
从早晨到黄昏,从此刻到暮年
我爱这深秋如刺,我爱它提醒我活着
我任由它粉碎我的大梦长安

好吧!我愿意沉沦于深秋
从拂晓坐下来便是一个人生
与一棵树对望,抚摸它从春天穿越
过来的苍老叶子,与一只蜜蜂谈恋爱
反复咀嚼一句话,并用这句话
结束一个故事的后半生

周年

不知道用多少眼泪才汇聚成的这个日子
迟迟没有到来,仪式启动不了它的齿轮
相拥触碰不到它的按钮,而在一首歌
响起之前,它莫名来到我们中间
——《明天我要嫁给你》
是的!白云要嫁给风,河流要嫁给山川
夕阳要嫁给夜晚,我要嫁给你
不管人类用什么方式定义相守
我相信你也和我一样愿意留在时间的缝隙
或者世界某个被遗忘的角落,不必为
下一个周年拾起生命不可承受之悲伤

万绿湖

在我的青年和中年之间
一个万绿湖就停在那里
绿波万顷,装载了时间汇聚成的历史
在我眼中幻灭着美丽的悲伤
使我久久不敢踏入。站在船头
我热爱并对博大抱以惊惧
在我老去之前,它的温柔将与日俱增
它的天空清澈得像孩子的眼睛
并擅长于用漫山遍野的绿
将一个一个故事的未来杀死

复活

当一座山面临最终被遗忘的命运时
一个村庄将它复活。坐在四角楼里望天空
木屐、穿堂风以及不断深入又复明的黑暗
一寸一寸为我复述一个族群的历史
像一位慈祥的老者拨弄着动人心弦的美
我开始感到羞愧。我没有足够的爱
和认真去拥抱。它在我的残缺上面
开出一朵迷人的异木棉花,并将
一个异乡人卑己自牧的念头完整地复活

三缺,请不要放弃治疗

你的胡子白成

东源山间飘飞的芦絮

像落叶对秋风的抗议

看你一眼就不忍再看

异木棉在天空下灿烂

碰一下就不忍再听

女人在酒吧的夜晚发出

年轻而热情的声响

兄弟你不要沮丧!

羊肉和啤酒是治病的药

可以治疗夜晚

逐渐失去的深刻和宽广

像二十年前

我们用凤凰米酒

为受伤的鸽子疗伤

而我还是那样爱你

像夜晚爱着天空

请不要放弃治疗!

空白

冬日安静而淳朴
照在身上消失了往常的傲慢
在逐渐静止的午后
大雪对樱花的想象
已接近完美和流畅
一个人沉浸在记忆里
像一个孩子失去了无赖的理由
一切沉默且成熟
我开始热爱
这个狡猾而玲珑的季节
她的夜晚总会提前熄灭
早晨用热烈的鸟鸣声
掩盖铺天盖地的寒冷
无比真切地证明
世界需要这样的谎言
并使我的怀抱滋生许多繁华
用以覆盖
没有你的旷世孤独

妥协

你送我的毛衣终究会旧去
就像我们的青春,对于它
我将不吝爱抚与亲吻。在梦醒的一刻
我看着它如同小女儿安静地
注视着生病的珍珠鸟,对于死亡
饱含不解和嗔怒,而最终借助一个问题
结束悲伤并转身离去,投入一个小游戏
给予的快乐当中。让我们也滑轮吧!
让你嘲笑我头上的夹子多么滑稽
让我们为一个简单的动作
放弃笑点的高度,心照不宣地笑
明天也许再看到你或者看到我时
我们都显得那么普通
普通得那么绝望,又充满希望

情人节

她浮现在年的空隙里
像雪一样散放冰冷的芬芳
有多少人敢于拾起
这死寂般的玫瑰
我嗅出她热烈的前奏
那属于胜利者的荣耀
那比孤独更擅于杀戮的味道
正蔓延于每一个灯光背后的角落
我安坐于黑暗之中
等待一声"赦免"

孤独先生

唯有这样的寂静里
才能听见茶杯与茶杯的对话
烟雾缭绕
我看到了时光的流连

应该是想念你了,孤独先生!
一个乏味得令人心生惧怕
的老头,我离开你时那种欢喜
像等到了春天的来临
而此刻我想念你,像一个人生
终于服从了暮年。我们默契地
互递眼色,约定下次的见面

听书

热闹随即消失
春天的脸浮现阴沉的一面
一双眼睛乐于搜索大地的颜色
此刻无能为力,深陷在
办公室凹进的黑暗中
毋庸置疑,绿萝的疲惫
与她的主人有关。它们落入
自己的圈套里无法自拔
理智与冲动各在
建造一个完美的空间
一个声音次第分发玫瑰
在节日应景的音乐里
传递来
紫罗兰般冰冷的安静

阳台的夜晚

承担情绪的网已筋疲力尽
像电流再也无法激起的疼痛
在喘息,从傍晚泻下来的暗多么安静
对面阳台的女人一直进进出出
打扫着平静的生活
接下来她会有一个一尘不染的年
和一些必须完成却不需要更多喜悦事务
这样的充实使她与夜色融为一体
多好!狗继续吠着,楼下孩子的吵闹声
令人安定,也许是酒精包裹了大脑皮层
我放弃了一次一次从玻璃门的反光里
看自己,那么多岁月叠在脸上
却丝毫感觉不到它们来过
反而是轻如鸿毛的意绪让人获得
久违的快乐,而夜是如此安静
又何必再凫下去搅扰

母亲节

早晨的康乃馨沁着露水
像世界和平般宁静
一个星期日的海深刻而伟大
仪式让世界回归。你开始淡出童话
和所有孤独的女人一样做母亲
勤劳而唯美
像远古的风抚过巨石的荒原
一开始那种合理的自然主义叙述
使我无法找到轻视的理由
就这样许久也好,我便用
一个儿子般的虔诚
形而上地爱你

形而上的爱人

夜色下,玫瑰爆发式的开放像极了你
你一把握住野兽的攻势
苦心描绘和平的伟大
你身上生长迷人的向往,像冰激凌
拥满枯萎的树枝
你的呼吸像六月一样沉闷而厚重
陶醉并忧伤着
像一个滚烫的海,幽深的夜
甘泉汩汩,它只滋养阳光下耀眼的树木
然后转身离去,像从来都没有来过
我也不曾形而下地爱过你

精卫填海

要寻找各种坚硬事物
塞进脑袋,以供不停地撞击
我的办公室狼藉成
工作无比充实的样子
我用跑步机规划生活,正襟危坐
没有一丝越轨的表情,正常得
像一株夏天里结满绿荫的龙眼树
供孩子们在底下乘凉嬉耍

我的生活中已没有长着一张
其他脸的女人,大致是——
大波浪在风中翻飞的卷发
于画中被复活的身体
你们的眼生成一片我梦中的海

这片空荡的大海
我必须将它填满

在水一方

新泡的茶散发着多余的香气
在杯中久久荡漾。雷声与闪电之间
有一片安静的水草,风雨未至
享受爆发来临之前。你我都反复计算着
点燃导火线的方式,至少有一百种。
都不忍使出,任它在
时间中沦陷。用泪光滋养的叶子
逐渐翻绿,伴随铃声响起
空中已飘满一万个"靠近你"

羊的悲伤

你的身体里有一场风暴。埋藏在
嘴唇以下,等待舌尖去引爆

你正襟危坐。似乎面前有一片安静的湖
下午的风夹带着沙漠的味道掠过。那种
炙烤已久的焦香考验着孤独者的胃

观众们纷纷落座。屏幕以外
她们眼中射出的箭正中靶心
草原中有狼聚集,草在烈日下枯萎
羊的悲伤弥漫在一场逃遁之前
于是,一个纪元草草在
一阵集体无意识的笑声中结束

被隐喻的日子

所有事物的命运如此相近
一首被爱情俘虏的诗和一束
落入圈套的花,还有一个
被隐喻的日子
它们来了又走,在时光里稍纵即逝

沉重使我不敢觊觎柔弱的枝头,那种
蜻蜓静立水面的福流
痛楚助我练习消逝一类的黑暗想象
盲目赐予我天平上的平衡
相见便尘土飞扬,离别则尘埃落定
阳光满屋,人情温暖
在热烈的背面我从善如流
祝福春天里所有合乎情理的事物
温和的生长或饱满地盛放

光阴路过的地方

时光安静地留在你旧家池塘的水草上
沿着你的记忆,我走进青山掩映的村庄
没有人知道,从冰川时代滚下来的一颗果子
对一只松鼠的意义。我抚摸斑驳的墙
我摘一种树上挂满的深入童年的味道
我坐在无数次喂给你想象的阴影里
看你,亲切地唤醒每一张笑脸,它们一尘不染
闪烁着我渴望拼凑完整的故事片段以及
一个村庄阵阵袭来的令人眩晕的暮年

妄念

我是如此热爱安静,却又如此依赖
喧哗拯救我于无尽的孤独当中
我爱落日,迷恋于她黄昏天际
搬来缠绵与照地无声之美
我在夜晚怀念落霞如泣如诉的脸
此刻,它属于黑暗。我的恐惧和忧郁
与其慈美俱增,我寻找天平的前世今生
悬崖虚无中的紫色令人哀伤,最终
夜晚的寂静向我交出一头
静止在奔腾里的鹿,我抚摸它的额头
以为疗愈。并将之,遣回神的故乡

和解

终于,我们坐到了黄昏的安静里
如同落日与长河也一样爱着我们
如同我们在秋天找到一片温暖的叶子
她的脉络里流转着生命的欢乐
如同我们拥有了无穷的时间
以覆盖那些灰暗的日子,于是我们
把最美的一刻不断叠放于最相似
的日子上面,以获得醉人的安心
如同我们一起拥有,一起面对了
悲伤的过往,一起
要经历那个茫茫又温暖的暮年

日参

颈部传来钢铁的声音以及
暮色来临之前的晕眩,秋天
开始在体内堆积,一种
时间的饱和感和下午的空荡
成负比增长,钟声拽来落日
救下一个沦陷的白昼

易武山已淡成时间的河
流入杯底,已无悲喜
我与晚霞之间注定葆有秘密
以维持恒远的美轮美奂
灯火次第铺开,酬我以安定

大河

你如此安静地横卧在傍晚
一个清澈如洗的天空下
演绎着天地间最精确的美
你拒绝被描述,像一万种语言
都无可奈何般地抚摸着
尘世的哀伤。你要离去
就像我们必将回到生活
一个流连的凝望
像宽容了世间所有的错过
黄昏在垂钓者的背景里洒落
如诗的美,当初冬的风搬来寒冷
依依的芦苇就轻轻把我们
扶上梦的岸

时间的故乡

风吹动叶子的样子极富情景性
它们和睦而温暖,像所有事物
被高清镜头一一捕获。折射出
绝无仅有的安定

我和女儿坐在各自的世界
鸟鸣声声,时而走动
没有留下任何波纹,时而
忘记对方。这个冬日午后
许多事物被高高挂起
它们形而上的样子使我失重
像已经注销了的日常
抹去浓重的色彩。像一个遥远
又突然降临面前的
我们都不愿离去的故乡

茫茫

你走后,和你想的一样,有许多
方式可以应付时间,我工作中最用心的部分
是你喜欢的,我一块一块拿起
像要竖起长长的城墙,你称之为:成就

生活是山,一座接一座,我拥有茫茫的路
以消耗身体被注满的幻想和欲望
以前我仰望的天空挂满热气球,现在我
放飞它们,致力于绘制图腾。
比如在石头上涂涂画画这些事,你说它们
是祖先的舞蹈,会从荒野的高处滚下来
落在子孙们的脚下,铺成他们的路

我可以喝茶、睡觉、看书、健身
你说这话的时候,仿佛我的日子密不透风
铺在一个平面之上,它便完美如
一幅密集而和美的年画,我们会笑
那些悲伤淋漓之人,他们无法获得
形而上的认可,更无法满足山河的希望

那片草地的春天已经冒出来了
我想我应该可以的,像你梦中的那片芦苇丛
在风中泰然。你轻轻地走过
它们便在你身后落下一片如雪般的茫茫

濠岛诗会致辛夷

一首散发着年代味道的诗依旧
在海风中荡漾，2016年的海
白裙子混合初发的荷尔蒙
奏出的青春曲在波涛间蒸发。2018年
的礁石上，用第十二种孤独翻开的
遗忘书，成为美丽的泡沫。
2019年的路灯不是路灯，那就是月亮
爱没有兑换成明天。而我们
依旧走在月光下，用怀念代替前进
许多话语凝成沙滩散落的微芒
闪烁着久违的忧伤，我与阿兽
已老得只剩下故事，需要靠
一壶酒发酵冰冷僵硬的日常
海棠睡醒清宵月，影入纱窗
往事随着夜的深入放散，又被
第二天的海浪以一种梦醒的姿态
狠狠地拍在沙滩上

减法

有一天,我诗歌中的你
老成孩子门口的树桩
你是否还会在时间里搜索我?

有时晚饭后从小区门口泅进夜色的我
经过巷子、闹市以及别人村庄的池塘
每走过一处便丢下一个我
直到我踏入家门,双腿崭新而疲劳
剩下的已不是那个出发时的我

是雪抑或烈酒,叠加在身体里太重
灌在脑袋里太满,是一首蜗牛谱写的歌
我不得不剔除它的陈词滥调,也不惜承认
我们只是活在某段时间里

雪之恋曲

因为你覆盖了,所以那些乐于
炫耀的草木显得渺小。你的美
近于洁癖,要把世界好好洗刷一遍

渺小就渺小,于高山和大海都要
卸下高贵的尊严,腾出青与蓝
供你的白铺陈,我何以能秀出轻微得

可怜的葱翠?抑或你的白只属于
富士山的顶端,也足以让人惊叹于
你让幸福存在的方式如此遗世独立

至于谱写流畅的浪漫,这使我
既压迫又几近疯狂,望着你的背影
我羞于丈量,估计有十个维特之烦恼那么长

情人节随想

有些学问对我来说始终是难题
比如射线与线段。在中学的数学课上
线段永久地留在那里,很美
而射线如今穿破我的中年
浓重地横在这个日子上面

大地不偏爱晴日,也不拒绝
阴冷与灰暗,可这个春天明明适合
参悟一些哲学问题。从春秋战国
到恒河,我与哲人们
讨论关于射线的问题,他们说:放下
像风筝,像树木的枯萎滋养大地
换取生的希望,此为:大道
我熟稔于心,却始终找不到按钮

于是,我将沉默切成小块,一天中
多次置于它的射程内,我要它的静止
成为美丽的线段,可每次铃声响起
它们就像冰面,碎裂在如海的屏幕中

桃花之旅

桃花来到人间,不仅仅是因为
一个人的旅程需要展示她耀眼的服装
她带来足够多的秘密,在光秃的箭竿上
缀成许多迷人的小眼睛,要在你
路过的时候无意间穿透你的心

像注入一剂春天独家炮制的药
她是大自然播落人间的一个谜。
这当然只是一个的开端
她的离开符合了雪融化的定律
使整个人间渗透着彻骨的哀冷

我至今仍无法直面她。她断臂式的执着
是为了告诉你"唯一"是可以不惜剧痛
逐一拔去身上的异样,让美沦为
天底下最彻底的孤独

所以更多时候
我习惯隔着一些词语看你
直到烈日传来警报解除的消息

玫瑰比兴

仿佛待在土里仅仅是一种蓄势待发
她最美的时刻是终于等到了
被一个与她互为比兴的女子捧起。
用盛放去开启对方

于是在此之前她的警惕达到了
天堂鸟的舞姿也不能引起她丝毫的兴趣。
那时她站到白云的顶端

而此刻这种比兴已一发不可收拾
香水、香槟、夜,一切与爱情有关的
使她占全了所有的形式和美。
那种远胜于原始时期就开始发酵的力

于是我们看一朵玫瑰花出现在面前
略沾春天的雨,我们不再需要任何隐喻
此后生活的乐趣可能只来自孤独时
一遍一遍地回忆一张玫瑰花的脸

卅岭洗肺之旅

再一次踏入卅岭林场,她不再吝啬于
将全部秘密陈列于客人面前,她推介的方式
朴素得不容回避。坐在树下,一颗番石榴
无意间就穿透你渴望尼古丁的肺。
此外还有鸟,它们比任何时辰都乐于表达
似乎立刻要把叠放在泥土里
的每一层春天一股脑翻出来

至于石头楼的戏剧性,则来自我
上一次对它想象的误差,肩挑石凿里
的精密科学与时间,不仅可以发酵出
金字塔这样的谜,竟然还竖起了
一群女子撼动某种古老秩序的碑

于是,各种诉说逐渐喂满了我懊恼的肺
也打开了一条伸向橡胶林深处的路
我决定走下去,虽然它足有
一个世纪那么长,一个夕阳那么远

禁城

禁城很年轻。至少对于我来说
小时候在巷口看着寨子外边的落日
那堵墙高不可攀,而现在看起来,她是一个
和禁城同龄的严厉母亲。读大学的时候
我翻过一座山,在半山看到一堵墙
那里写着:墙抵抗过侵略
那个时候我觉得他像一个卫兵
应该和我面前这堵名为禁城的墙同龄
而我站在禁城下面,一位老奶奶走过来
我想她一定学过历史并关心民族,她告诉我
要站在"文物保护"的石碑前照相才有意义
这个时候我觉得禁城不会老
以后我的孩子到了这里,依然会有
一个从我这个年龄走到那个年龄
的老爷爷或者老奶奶指点她应该
站在什么地方照相,才会留下一张和父亲
一样的照片。那时,墙砖上面将布满绿色的
新鲜的苔藓,而她的父亲也已经老得
布满一脸深褐色的皱纹

大隐

X老师住在百货大楼后面的小市场里
那是一个你在古玩店里玩到错过时间
就可以落脚的所在,顺便还可以把他叫醒
让他感受一下中午的春光有多么明媚
他用汉金文在门口写着"N斋"(原谅我
不能暴露太多,用英文代替,是因为
我和斋主一样都领略过这个世界的厉害)
所以他想在嘴上加一把锁。其实我
很早就想加一把了,只是找不到合嘴的锁

我们坐下来,老师早晨的胃需要一泡工夫茶
醒之,这使我们错过午餐的胃很是羡慕
就这样,我们两个胃在茶几的对面坐着
笑起来皱巴巴,一直到三个茶杯也都不想动了
一顿丰盛的午餐就在老城的某个角落故伎重施
酝酿着诱人的味道,引领我们穿街走巷
古城朴素的友谊便宜得我们都不敢相信。
九十元就让我们找回年代的味道

饭后照例以友情之名去热爱X老师的书法
那么多作品像谜语一般横七竖八铺在
我们的面前，显然不想回避赤裸裸的索取
但它们是某种宝藏的封条，需要咒语方可揭下

此时，门外传来用蹩脚粤语大声哼出的小调
我听到了二十世纪九十年代繁华的声音
X老师说，这是一个焦虑症患者
我想大概他还没有找到咒语

在中山路的古玩店

在中山路的古玩店,白胡子大叔忌惮我
好奇的双手,他快速越过我时一脸堆笑的样子
让我想起了村里祠堂的咧嘴石狮
他为那台傲慢的民国时钟上发条,看得出
时钟未必喜欢,秒针迟迟不肯走动
而滴答声响起时,阳光便从街道洒进来
店里仿佛打开了一条通往我童年的隧道

那口熟悉的市井口音固然很滑稽,却浓得
像刚从一杯墨色的老茶里提取出来
清朝的砚台化身茶玩泡在混沌的茶水里
固然很暴力,却符合了所有古物件从历史中
浮出水面时的方式。三天前的茶水可以降火
让人怀疑盛药的青花器是用来颠覆现代医学的

大叔疯狂地热爱"二":他有二万斤柚皮茶
潮汕木雕家具值二百万,值好几万的瓶子
有二个,这让我瞬间明白了"二"的含义
小时候,每次从古玩店出来晚上都会做
各式各样的梦,梦醒都是因为在梦里发财了

戒烟

1

住在身体里的敌人,肯定学了
足够多的历史,所以他是很多人的王

特别是当他重叠在你的影子里
在你抬手间稍稍发一下脾气,就足以让你
明白自由的重要性。此外便是
所有为之疯狂的趣味都封锁在尘埃里

因此你渴望看到一个季节快速穿过
窗外的树。就那样,坐着等一天

所有的人和事都流走了,那样才好
你渴望活在世界之外。将所有的声音和影像
像调低电视的音量和清晰度一般沦为你
生活的背景,因为你要活成自己的王

2

仿佛对你的需要,只是为了证明
光阴是有速度的,所以上午长得让人窒息。
但我知道,只不过是故事少了盐分
爱在繁华里被折断,是人生
被翻看的次序需要重新排列

那么就坐着、躺着。任时间在怀里打转
换了一种方式与它相处,鸟儿的啼叫
被无限拉长,格外迷人。阅读已
停止了一个世纪,只剩下结尾的书合着
并未留下一丝遗憾和忧伤,它尘封的样子
有效地诠释着虚寂的意义

3

身体被绑在弦上,所有事物被推到
战争即将爆发前的一刻

整个春天蒙在混沌里,她们所喜欢的
木棉、樱花以及风铃木正好在这几天盛放
让人无时无刻不担心着美好剧情的落幕

和秒针同步的
关于短暂与美的剧烈思考
不断捶击着我,人类世界也正
以其无法丈量的遥远
将我丢弃在无边的撒哈拉沙漠里

一首春天的诗

我在小时候的西湖边看到的
那个穿蓝裙子的姑娘,如今长成你
而站在你身后的你至今还留在故事里
她已经接受了那个并不重要的结尾

我和你一样热爱着美丽的事物
木棉花、风铃木以及落叶
可我们不深究,当美好遭遇时间
就铺满长街,如此壮烈

"前一秒拥有了,下一秒就等于永恒"
我知道,你是要这样说并让我明白
这个世界喜欢用剧痛创造最高级的美
所以你要我写一首春天的诗

而我现在就在春天里,如饮甘饴
太多的颜色使我无法纯粹,因此我
将部分混沌的自己从躯体中割离
我要用最清澈的我拥抱你

图书在版编目（CIP）数据

岸 / 梁彬著. -- 武汉：长江文艺出版社，2023.9
ISBN 978-7-5702-3221-5

Ⅰ.①岸… Ⅱ.①梁… Ⅲ.①诗集-中国-当代 Ⅳ.①I227

中国国家版本馆CIP数据核字（2023）第115164号

岸
AN

特约策划：程增寿

责任编辑：胡　璇　　　　　　　　责任校对：毛季慧

装帧设计：壹道题　　　　　　　　责任印制：邱　莉　　王光兴

出版：长江出版传媒　　长江文艺出版社

地址：武汉市雄楚大街268号　　　邮编：430070

发行：长江文艺出版社

http://www.cjlap.com

印刷：湖北恒泰印务有限公司

开本：880毫米×1230毫米　　1/32　　印张：5.375

版次：2023年9月第1版　　　　　　2023年9月第1次印刷

行数：2822行

定价：52.00元

版权所有，盗版必究（举报电话：027—87679308　　87679310）

（图书出现印装问题，本社负责调换）